IPHIGENIE EN TAURIDE,

TRAGEDIE,

REPRE'SENTE'E POUR LA PRE'MIERE FOIS
PAR L'ACADEMIE ROYALE
DE MUSIQUE,
Le Mardy sixiéme jour de May 1704.

A PARIS,
Chez CHRISTOPHE BALLARD, seul Imprimeur du Roy pour la Musique, ruë S. Jean de Beauvais, au Mont-Parnasse.

M. DCC. IV.

Avec Privilege de Sa Majesté.

LE PRIX EST DE TRENTE SOLS.

AVERTISSEMENT.

IL y a huit ans que cet Opera est fait, & que Mr. Desmarests l'a mis en Musique à la réserve de la plus grande partie du Cinquiéme Acte qui est de Mr. Campra, aussi bien que quelques endroits qui êtoient demeurez imparfaits, & le Prologue, dont les Parolles ne sont point de celuy qui a fait la Piece, mais de Mr Danchet qui a bien voulu s'en charger.

Noms des Actrices & des Acteurs, chantants dans tous les Chœurs du Prologue & de la Tragedie.

MESDEMOISELLES.

Cénet.	Dupérey.	Bataille.	Guillet.
Basset.	D'Humé.	Duval.	Rossard.
			Désjardins.

MESSIEURS.

Prunier.	Solé.	Desvoix.	Drot.
Courteil.	La Coste.	Le Brun.	Bonnel.
Jolain.	Cadot.	Mantienne.	Alexandre-L.
Gaudechot.	Labé.	Lebel.	Alexandre-C.

PERSONNAGES DU PROLOGUE.

ORDONNATEUR *des Jeux de Diane, & d'Apollon,* Monſieur Hardoüin.

DIANE, Mademoiſelle Maupin.

Deux Habitantes de Délos, Melles Dupérey & Bataille.

Un Habitant de Délos, Monſieur Boutelou.

PERSONNAGES DANSANTS du Prologue.

HABITANTS DE L'ISLE DE DELOS.

Meſſieurs Germain, Dumoulin-L., Ferrand, & Blondy.

Meſdemoiſelles Victoire, Dangeville, Roſe, & Dupleſſis.

PLAISIRS.

Meſſieurs Léveſque, Dangeville-L., Lavigne, & Dangeville-C.

PROLOGUE.

Le Théatre représente un lieu que les Peuples de DE'LOS ont préparé pour célébrer des Jeux en l'honneur d'APOLLON, & de DIANE, leurs Dieux Tutelaires.

SCENE PREMIERE.

UN ORDONNATEUR des Jeux, Chœurs de Peuples de DE'LOS.

L'ORDONNATEUR.

'Est dans ce fortuné séjour
Qu'Apollon reçut la naissance:
Que Délos à jamais, en célebre le jour:
Paisibles sous ses loix, réverons sa puissance;
Comblez de ses faveurs, montrons-luy nôtre amour.

é

IPHIGE'NIE,
L'ORDONNATEUR, & les Peuples.

Chantons, qu'a nos voix tout réponde,
Rendons un juste hommage au plus brillant des Dieux:
Ses feux sont l'ornement des Cieux
Et les plus doux plaisirs du monde.

Les Peuples de DE'LOS commencent à célébrer la Fête par des Danses.

L'ORDONNATEUR.

Dieu, qui sur les humains, répands mille bienfaits,
Tu proteges les Arts, tu n'aimes que la Paix,
Mais ton bras n'est pas moins redouté dans la Guerre,
Les Monstres qu'enfantoit la Terre
Ont souvent ressenti tes invincibles traits.

Pour te troubler dans ta carriere,
La Haine, & la Discorde osent briser leurs fers,
Pourront-elles souffrir l'éclat de ta lumiere,
Force-les de rentrer dans le fond des Enfers.

Triomphe, vole à la Victoire,
En ramenant un calme heureux;
Remply de ta nouvelle gloire
Tous les lieux qu'éclairent tes feux.

Les Danses recommencent.

Un HABITANT de DE'LOS.

Dans les concerts que vous faites entendre,
Mêlez l'Amour, & les Plaisirs:
Le Dieu que vous chantez a poussé des soûpirs,
Nos cœurs de ce penchant doivent-ils se deffendre?

PROLOGUE.

Une HABITANTE de DE'LOS.

Aimons tous, laissons-nous charmer,
Sans le plaisir de s'enflâmer
Quel autre bien peut être aimable?
C'est le flâmbeau des cieux qui fait naître le jour;
Mais c'est le flambeau de l'Amour
Qui peut nous le rendre agreable.

UNE AUTRE.

Loin de vouloir disputer la Victoire,
Pressons l'Amour de soûmettre nos cœurs:
A le vaincre il est peu de gloire;
A luy ceder, il est mille douceurs.

LA PREMIERE HABITANTE.

Lorsque nos cœurs révérent sa puissance
Vainqueur charmant il couronne leurs feux;
Mais quand ils ont fait résistance,
Il en devient le Tyran rigoureux.

Les Jeux continuent.

L'ORDONNATEUR, & les deux HABITANTES de DE'LOS.

Que Diane ait part à nos jeux.

LES CHOEURS.

Diane, recevez nôtre hommage, & nos vœux.

L'ORDONNATEUR, & les deux HABITANTES.

Quel nüage s'avance!
Quel éclat! quels doux accords!
La Déesse honnore ces bords
De son auguste présence.

IPHIGENIE, PROLOGUE.

Les Arts, & les Plaisirs se joignent aux Acteurs de la Scene premiére, & forment une SECONDE SCENE.

DIANE.

Apollon occupé du soin de l'Univers,
Reçoit du haut des cieux vos vœux, & vos concerts.
Les Arts, & les Plaisirs viennent dans cet Azile,
Pour éviter de Mars les ravages affreux.
Notre plus chere envie est de vous rendre heureux,
Et de vous proteger dans une paix tranquile.

CHOEURS.

Diane, recevez notre hommage, & nos vœux.

DIANE.

Je pris soin d'arracher l'aimable Iphigénie,
D'un Sacrifice affreux que l'on vouloit m'offrir:
Je la retiens dans la Scythie:
Son frere par ses mains est tout prêt à périr,
En ce pressant danger je vais le secourir.

Que vos chants se fassent entendre;
Que les Jeux innocents remplissent vos desirs:
Ne soyez occupez qu'à suivre les Plaisirs,
Les Dieux le sont à vous deffendre.

DIANE remonte dans sa gloire; les Arts, & les Plaisirs s'unissent aux Peuples de DELOS, & forment une nouvelle Entrée.

CHOEURS.

Regnez Plaisirs, regnez, faites briller vos charmes;
Que la foudre qui gronde, étonne d'autres lieux:
Conservez-nous en paix, ô favorables Dieux,
Et sur nos ennemis détournez les allarmes!

FIN DU PROLOGUE.

ACTEURS
DE LA TRAGEDIE.

IPHIGE'NIE, *Grande Prêtresse de Diane, Sœur d'Oreste, & d'Electre.* Mademoiselle Desmâtins.

ORESTE, *Frere d'Iphigénie, & d'Electre,* Monsieur Thevenard.

ELECTRE, *Sœur d'Iphigénie, & d'Oreste, aimée de Pilade,* Mademoiselle Armand.

PILADE, *Amy d'Oreste, & Amant d'Electre.* Mr Poussin.

THOAS, *Roy de la Tauride, Amant d'Electre.* Mr Dun.

ISME'NIDE, *Confidente d'Iphigénie,* Melle Bataille.

Chœurs, & Troupes de Scythes.

DIANE, Mademoiselle Maupin.

Chœur, & Troupe de Nymphes de la suite de Diane,

Deux Nymphes, Mesdemoiselles Dupérey, & d'Humé.

L'OCEAN, Monsicur Hardoüin.

LE DIEU TRITON, Monsieur Chopelet.

Chœur & Troupe de Dieux Marins, & de Nereïdes.

LE GRAND SACRIFICATEUR *de Diane.* Monsieur Mantienne.

Chœur, & Troupe de Sacrificateurs.

Troupe de Prêtresses,

Deux Prêtresses, Mesdemoiselles Dupérey, & Basset.

Chœur, & Troupe de Grecs.

La Scene est dans la Ville Capitale de la Tauride.

PERSONNAGES DANSANTS de la Tragedie.

PREMIER ACTE.

SCYTHES.

Monſieur Balon.

Meſſieurs Blondy, Ferrand, Léveſque, Dangeville-L., Javilliers, & Marcel.

DEUXIE'ME ACTE.

NYMPHES.

Mademoiſelle Subligny.

Meſdemoiſelles Dangeville, Victoire, Roſe, Noiſy, le Févre, & Dupleſſis.

TROISIE'ME ACTE.

TRITONS.

Monſieur Dumoulin-C.

Meſſieurs Germain, Bouteville, Dumoulin-L., & Léveſque.

NEREYDES.

Meſdemoiſelles Roſe, Noiſy, Prevoſt, & le Févre.

QUATRIE'ME ACTE.

SACRIFICATEURS.

Meſſieurs Germain, Bouteville, Dumoulin-L. Dumoulin-C., Ferrand, Blondy, Dangeville-L., & Léveſque.

PRESTRESSES.

Meſdemoiſelles Dangeville, Victoire, Noiſy, Dupleſſis, le Févre, & Prevoſt.

CINQUIE'ME ACTE.

GRECS.

Monſieur Blondy.

Meſſieurs Germain, Dumoulin-L., Ferrand, Léveſque, Javilier, & Marcel.

UN GREC, & UNE GRECQUE.

Monſieur Dangeville, & Mademoiſelle Prevoſt.

GRECQUES.

Meſdemoiſelles Victoire, Dangeville, Roſe, Noiſy, & le Févre.

IPHIGE'NIE EN TAURIDE, *TRAGEDIE.*

ACTE PREMIER.

Le Théatre repréſente une Salle du Palais de THOAS.

SCENE PREMIERE.

IPHIGE'NIE, ISME'NIDE.

IPHIGE'NIE.

PHantôme de la nuit, noire & funeſte image,
Que la clarté du jour ne ſçauroit diſſiper,
Cruel & ſiniſtre préſage,
De quel effroy mortel vien-tu de me frapper!
La crainte qui redouble en mon ame ſéduite,
Retrace des objets que je veux effacer,
Et le trouble affreux qui m'agite,
S'augmente d'autant plus que je veux le chaſſer.

ISME'NIDE.

D'une sombre terreur devez-vous être atteinte,
Tout s'empresse à combler vos vœux,
Laissez la tristesse & la crainte
Aux cœurs que le destin a rendu malheureux.

IPHIGE'NIE.

Appren d'où naît mon trouble, & me plains, Isménide:
Aux horreurs du trépas destinée en Aulide,
Tu sçais qu'Agamemnon soûmis aux loix des cieux;
Abandonna ma vie aux cruautez des Dieux.

ISME'NIDE.

Le Ciel n'a pû souffrir cet affreux sacrifice,
Diane a protégé des jours si précieux.
Sur les aîles des vents transportée en ces lieux,
Iphigénie a vû le Ciel propice,
La dérober à l'injuste supplice,
Où la livroit un Pere ambitieux.

IPHIGE'NIE.

Dans l'horreur d'une nuit terrible, épouvantable,
A la pâle lueur d'un lugubre flambeau,
J'ay vû ma Mere, ô spectacle effroyable!
Entraîner mon Pere au tombeau;
Tous deux sanglants, tous deux enflâmez de colere,
M'ont mis un poignard à la main,
Et prête à le lever sur Oreste mon frere,
Je me sentois forcée à luy percer le sein.

ISME'NIDE.

Par d'innocents plaisirs, cherchez à vous distraire
Du trouble où vôtre cœur aime à s'entretenir;
Tous les biens, ou les maux qu'un songe peut nous faire,
C'est de se retracer à nôtre souvenir.

IPHIGE'NIE.

D'autres sujets de crainte étonnent mon courage,
Et forcent mon cœur à trembler.
Tu sçais que sur ce bord sauvage,
Nos Scythes ont surpris & mis dans l'esclavage,
Une troupe de Grecs que l'on doit immoler.
J'ay vû dans ce Palais leurs Chefs chargez de chaînes,
L'un d'eux fier, intrepide au milieu de ses peines,
A sur luy retenu mes yeux;
Il nous cache son nom, mais malgré son adresse,
Sa fierté sur son front, fait briller sa noblesse.

Je me fuis, je veux ignorer
D'où naît le trouble qui m'agite;
Tout me nuit, tout m'allarme, & plus mon mal s'irrite,
Plus je crains de le pénétrer.

ISME'NIDE.

L'Amour a suspendu la mort que l'on prépare
A ces Etrangers malheureux;
Une jeune Princesse arretée avec eux,
Peut changer une loy barbare,
Le Roy l'aime; il rendra tous les Grecs à ses vœux.

IPHIGE'NIE

Ah! que tu connois mal ce qui cause la crainte
Dont, malgré moy, je suis atteinte.
Mon cœur troublé, saisi d'effroy,
S'interesse à ces Grecs plus que je ne veux croire;
Qu'ils périssent plûtôt, il y va de ma gloire.

ISME'NIDE.

Le Roy vient, cachez-luy le trouble où je vous voy.

SCENE DEUXIE'ME.

THOAS, IPHIGE'NIE, ISME'NIDE.

THOAS.

J'Ordonne un pompeux ſacrifice ;
Prêtreſſe de Diane, il faut que dans ce jour
Vous immoliez ces Grecs, que le deſtin propice
M'a fait ſurprendre en ce ſéjour.

IPHIGE'NIE à part.

Dieux !

THOAS.

Prévenons cet Oracle terrible
Qui menace mes jours d'une mort infaillible,
Si ces fiers étrangers reſtent dans mes Etats ;
Pour un ſuperbe Objet ma fatale tendreſſe
M'avoit fait juſqu'icy ſuſpendre leur trépas ;
Mais c'eſt trop écoûter de dangereux appas,
La pitié dans les Rois devient une foibleſſe,
Lorſque la gloire, & la ſageſſe
Ne la conduiſent pas.

IPHIGE'NIE.

à part.

J'obeïray, Seigneur, ... Helas !

SCENE TROISIEME.

THOAS seul.

Que vais-je faire !
Par quelle barbarie, à moy-même contraire,
Porteray-je à mon cœur les plus horribles coups !
Je vais punir une Beauté cruelle ;
Mais pourray-je briser des nœuds encor trop doux,
Et ne seray-je pas comme elle
La victime de mon couroux ?

Amants heureux, que je porte d'envie
Aux faveurs dont l'Amour couronne vos soûpirs !
Mon ame est à ses feux en esclave asservie,
Toute esperance m'est ravie,
Et mon dépit mortel irrite mes desirs.
Amants heureux, que je porte d'envie
Aux faveurs dont l'Amour couronne vos soûpirs.

Vangeons-nous d'une Ingrate à qui je ne puis plaire ;
Que l'Orgüeilleuse apprenne à gemir à son tour :
Que ne peut point une juste colere,
Quand elle naît d'un malheureux amour ?
Elle vient, & mon cœur à ma gloire infidelle,
D'une indigne pitié se sent encor surpris ;
Ah ! c'est trop me trahir pour elle,
Rassûrons un moment mes timides esprits ;
Je ne pourray trouver de peine assez cruelle
Pour me vanger de ses mépris.

SCENE QUATRIE'ME.

ELECTRE seule.

Lieux cruels, témoins de mes peines,
Vous le serez de mon trépas.
Mon devoir m'a fait suivre Oreste en ces climats
Pilade, trop lié par d'amoureuses chaînes,
A voulu marcher sur mes pas;
Captifs, proscrits par des loix inhumaines,
Le Tiran de ces lieux touché de mes appas,
Me flatoit de nous rendre à nos heureux Etats
Et mes esperances sont vaines.
Lieux cruels, témoins de mes peines,
Vous le serez de mon trépas.

SCENE CINQUIE'ME.

ELECTRE, THOAS.

ELECTRE.

EH bien! Barbare que vous êtes,
J'apprens enfin les maux où vous m'abandonnez;
On vient de publier vos ſacrileges Fêtes,
Mon frere va périr, c'eſt vous qui l'ordonnez.
Par cette rigueur inhumaine
Vôtre ardeur à mes yeux prétend-elle éclater!
Eh! depuis quand l'Amour fait-il éxecuter
Les fureurs qu'inſpire la Haine!

THOAS.

Vous avez feint juſqu'à ce jour
D'ignorer de mes feux toute la violence:
Par mes tranſports & ma vangeance,
Ingrate, apprenez mon amour.

ELECTRE.

Quel amour! ou plutôt quelle affreuſe injuſtice!
Je mourray ſi je voy vos arreſts confirmez;
Puis-je croire que vous m'aimez
Quand vous voulez que je périſſe?

THOAS.

N'accusez de vos maux que votre cruauté.

ELECTRE.

Suspendez les horreurs qu'au Temple l'on prépare.

THOAS.

Vos rigueurs m'ont appris à devenir barbare.

ELECTRE.

Craignez des Dieux vangeurs le couroux irrité.

THOAS.

Je crains tout de ma flâme & de vôtre artifice ;
Qui sçait si l'un des Grecs que je livre au suplice
N'est pas le seul obstacle à mes desirs fatal ?
Sur la foy des transports qui pressent ma vangeance,
Je croy qu'avec mes loix, l'Amour d'intelligence,
Me fait attaquer un Rival.

ELECTRE.

Sans secours, sans espoir, inquiete, captive,
A chaque instant la mort vient m'allarmer ;
Puis-je vouloir me faire aimer !
A peine sçais-je, helas ! si l'on veut que je vive.

ENSEMBLE.

TH. / EL. *Vous pouvez terminer* { *vôtre sort* / *mon destin* } *rigoureux.*

Quel plaisir prenez-vous à redoubler { *mes* / *vos* } *peines.*

ELECTRE.

Ecoûtez mes soûpirs.

THOAS.

Répondez à mes vœux.

ELECTRE.

ELECTRE.

Brisez nos fers.

THOAS.

Portez d'heureuses chaînes.

ELECTRE.

Arrachez au trépas tant de Grecs malheureux.

THOAS.

Toutes vos plaintes seront vaines,
Si vous ne partagez mes feux.

ENSEMBLE.

TH. / EL. { *Vous pouvez terminer* { *mon destin* / *vôtre sort* } *rigoureux.*

Quel plaisir prenez-vous à redoubler { *mes* / *vos* } *peines.*

On entend un bruit de Symphonie.

THOAS.

Pour célébrer le jour où la faveur des cieux,
Me découvrit l'abord funeste
De ces Grecs que poursuit la colere céleste,
Mon peuple, par ses chants, vient rendre grace aux Dieux,
Rendez vos Captifs à la Grece,
C'est en vos mains que je remets leur sort ;
Mais profitez de ma tendresse,
Et choisissez ou le Trône, ou leur mort.

SCENE SIXIE'ME.

THOAS, Chœur & Troupe de SCYTHES.

CHOEUR.

CHantons un Roy couvert de gloire,
Que sa grandeur dure à jamais.
Que toûjours devant luy soient Mars & la Victoire;
Qu'il soit toujours suivi des jeux, & de la paix.

Entrée des SCYTHES,

THOAS.

Le destin propice
Vous rend heureux;
Chantez tous, dansez, formez de doux jeux,
Célébrez ma gloire & mes feux,
Que l'air retentisse
De vos chants & de vos vœux:
Le Dieu Mars protege nos armes,
La victoire vole devant nos pas,
Et la Paix banit les allarmes
Loin de ces heureux climats;
Céres, & Bachus regnent dans ces lieux;
Jupiter le Roy des Dieux
Pourroit-il prétendre
Un destin plus glorieux?
Vien Amour, quitte les Cieux:
Acheve de rendre
Ce séjour délicieux.

Seconde Entrée.

Le CHOEUR répete les quatre premiers Vers de la Scene.

FIN DU PREMIER ACTE.

ACTE SECOND.

Le Théatre représente les Jardins du Palais de THOAS.

SCENE PREMIERE.

ORESTE, PILADE,

ENSEMBLE.

Nos destins ennemis remportent la victoire ;
Dieux implacables ! Dieux cruels !
Vous faites-vous une honteuse gloire
D'accabler de foibles Mortels.

ORESTE.

O Mort ! que tes horreurs auront pour moy de charmes,
Tu fais mon espoir le plus doux.
Le meurtre de mon Pere a fait couler mes larmes ;
Pour vanger son trépas, mon bras a pris les armes,
Clitémnestre ma Mere a péri sous mes coups ;
Insensé, furieux, en proye à mes allarmes,
Sur moy les noires sœurs épuisent leur couroux.
O Mort ! que tes horreurs auront pour moy de charmes !
Tu fais mon espoir, le plus doux.

PILADE.

Le Ciel pourra calmer ſa colere inhumaine.

ORESTE.

Non, j'ay trop mérité ſa haine;
Perſécuté des Hommes & des Dieux,
Apollon vainement m'a promis qu'en ces lieux
Oreſte infortuné verroit finir ſa peine,
Et terminer ſes tranſports furieux.

PILADE.

Du ſecours d'Apollon nous devons tout attendre.

ORESTE.

Quel ſecours pouvons-nous prétendre!
Dans un Temple fatal, teint du ſang des Mortels,
Où le Scythe à Diane offre un barbare hommage.
Il faut de la Déeſſe oſer ravir l'image,
Et tranſporter ailleurs ſon culte & ſes autels.

ENSEMBLE.

Sur ces mêmes autels, déplorables victimes,

ORESTE. { *Pilade, Electre* } *vont périr.*
PILADE. { *Electre, Oreſte* }

ORESTE.

Que ne puis-je, du moins, moy ſeul laver mes crimes!

PILADE.

Que ne puis-je vous ſecourir!

SCENE DEUXIE'ME.

ELECTRE, ORESTE, PILADE

PILADE à ELECTRE.

LEs Dieux ſeront-ils infléxibles !
Devons-nous éprouver leurs dernieres rigueurs ,
Réſervent-ils pour les plus tendres cœurs ,
Leurs coups les plus terribles ?

ELECTRE.

Connoiſſez jusqu'où va l'injuſtice du ſort ;
Des plus affreux malheurs je me voy pourſuivie ,
Je puis ſauver vos jours & conſerver ma vie ,
Et moy-même je vais ordonner nôtre mort.

ORESTE.

Que dites-vous !

PILADE.

Vivez.

ELECTRE.

Dieux cruels que j'atteſte ,
Puiſſay-je être à jamais l'objet de vos fureurs ,
Si je ſui ce conſeil funeſte !

ORESTE.

Parlez , dévoilez-nous ces ſecrettes horreurs.

ELECTRE.

Un Barbare en mes mains met vôtre destinée ;
De vos jours malheureux, Arbitre infortunée,
Je puis d'un fier Tyran vaincre la cruauté ;
Mais à d'affreux liens pour jamais condamnée,
Il faut qu'une horrible hymenée
M'immole à vôtre liberté.

PILADE.

Des mains de mon Rival prenez le diadême,
Je seray trop heureux s'il vous sauve le jour ;
Un cœur doit à l'Objet qu'il aime,
Immoler jusqu'à son amour.

ORESTE.

Ah ! périsse plûtôt le reste des Atrides !

PILADE à ELECTRE.

Vivez, c'est le seul bien que je puis souhaiter.

ELECTRE.

Que je vive ! non, non c'est trop vous écoûter,
Ma gloire & mon amour me vont servir de guides...
Mais, quoy ! mes refus homicides
Dans la nuit du tombeau vont vous précipiter !

ORESTE.

Mourons ; bravons des Dieux la barbare puissance,
Leur honte est remise en nos mains :
Que la mort confondant le crime & l'innocence,
Condamne les Dieux inhumains.

Une juste fureur de mon ame s'empare ;
Insultons ces Tyrans des malheureux Mortels,
Allons les attaquer jusques sur leurs autels.

PILADE.

Que faites-vous !

ELECTRE.

Il se trouble, il s'égare.

ORESTE.

Ces Dieux, ces Dieux cruels sont armez contre moy !
Que de feux, que d'éclairs ! quels éclats de tonnerre !
Sous mes pas chancelants je sens trembler la Terre,
Ses gouffres sont ouverts.. Ciel ! qu'est-ce que je voy !
C'est Clitémnestre ! fuy dans la nuit éternelle,
Spectre horrible, Ombre criminelle ;
Crains encor ma juste fureur.

ELECTRE.

Connoissez-nous.

PILADE.

Perdez une vaine terreur.

ORESTE.

Mille feux dévorent mon ame,
Tout l'Enfer se montre à mes yeux.
Un mêlange terrible & de sang & de flâme,
Comme un torrent, vient inonder ces lieux.

Que voulez-vous de moy, barbares Euménides ?
N'ay-je pas trop payé mes transports homicides,
Eh bien, ma mort va remplir vos desirs...
Je vous sui... Je descends sur l'infernale rive,
Et mon ame troublée, errante, fugitive,
Va se perdre avec mes soûpirs.

Il tombe évanoüy.

PILADE.

O vous que l'univers adore,
Maître des Dieux, calmez le trouble de ses sens!

ELECTRE.

Ce n'est pas ton secours, c'est la mort que j'implore;
Ciel! enten mes tristes accens.

On entend une douce harmonie.

ELECTRE, & PILADE.

Le Ciel est sensible à nos larmes,
Les Dieux ont reçû nos soûpirs
Un bruit harmonieux, par d'invincibles charmes,
Appaise de nos cœurs les mortels déplaisirs.
Quel spectacle brillant! quel nuage s'avance!
Diane abandonne les cieux!
Ces jardins & ces bois embellis à nos yeux,
Semblent ressentir la présence
De la Divinité qui descend en ces lieux.

SCENE TROISIE'ME.

SCENE TROISIE'ME.

DIANE. Chœur & Troupe de NYMPHES, ELECTRE, ORESTE, PILADE.

DIANE.

JE ne puis du destin changer la loy suprême;
Jupiter en tremblant, la révere luy-même;
Mais je viens pour quelques moments
Suspendre les fureurs d'un malheureux Coupable,
Et l'arracher aux rigoureux tourments
Dont l'Enfer en couroux l'accable.

Par de celestes chants, par de divins concerts,
Chassons d'un cœur troublé le mal qui le possede,
Et qu'une douce paix succede
Aux maux cruels qu'il a soufferts.

CHOEUR.

Par de celestes chants, par de divins concerts,
Chassons d'un cœur troublé le mal qui le possede,
Et qu'une douce paix succede
Aux maux cruels qu'il a soufferts.

Les Nymphes de Diane dansent autour d'ORESTE.

DIANE.

Vous qui punissez les grands crimes,
Des vangeances du Ciel, Ministres, & Victimes
Euménides, fuïez de ces aimables lieux:
Et vous divine Paix, venez dans ces retraites
Répandre ces douceurs parfaites,
Qui font le vray bonheur des Hommes, & des Dieux.

C

Les NYMPHES recommencent leurs danses.

Deux NYMPHES alternativement avec le CHOEUR.

Loin de nos jeux, importune Tendresse,
Volage Amour, nous redoutons tes traits,
Aux lâches cœurs inspire ta foiblesse,
Trouble leur repos, & trompe leurs soûhaits.
Joüir toûjours, & desirer sans cesse,
C'est le sort heureux de qui cherit la Paix;
Nos biens dureront à jamais.

Aprés que les NYMPHES ont dansé, on reprend le CHOEUR. DIANE, & sa suite se retirent.

ORESTE se levant.

Où suis-je! quel Dieu tutelaire
De mes troubles cruels vient d'arrester le cours!

PILADE.

Le Ciel désarme sa colere,
Diane à nos soûpirs accorde son secours.

ELECTRE, ORESTE, & PILADE.

Aprés des craintes mortelles,
Que l'espoir a de douceurs!
Les Dieux touchez de nos pleurs
Flattent nos peines cruelles,
Ils finiront nos malheurs.
Aprés des craintes mortelles,
Que l'espoir a de douceurs!

FIN DU DEUXIE'ME ACTE.

ACTE TROISIE'ME.

Le Théatre représente le Palais de THOAS du côté de la Mer ; & le Port de la Ville Capitale de la Tauride.

SCENE PREMIERE.

THOAS, ELECTRE.

THOAS.

NON, je n'écoute plus que ma juste colere,
C'est trop long-temps souffrir des mépris odieux,
Pour la derniere fois vous allez en ces lieux,
Voir & les Grecs, & vôtre Frere,
Et puisqu'en ses refus vôtre cœur persévere,
Je vais les faire immoler à vos yeux.

ELECTRE.

Je frémis.

THOAS.

Leur trépas accroîtra vôtre gloire,
Vous n'avez plus recours aux pleurs,
Vôtre orgüeil intrépide étouffe vos douleurs,
Et vôtre cœur tout fier de sa victoire,
Est insensible à ses malheurs.

ELECTRE.

Quel que soit mon destin, je l'attens sans allarmes,
Tous les Grecs vont périr, & j'ay dû le prévoir
Bien-tôt un heureux désespoir
Leur donnera mon sang, au deffaut de mes larmes;
Le plus cruel trépas aura pour moy des charmes,
Quand il me sauvera de l'horreur de vous voir.

THOAS.

Vous ne joüirez pas de ce plaisir funeste;
Vous vivrez, renoncez à l'espoir qui vous reste.
Ma fureur vous réserve à de plus longs tourments;
Je veux, pour égaler le suplice à l'offense,
De vos jours malheureux rendre tous les moments.
Les ministres de ma vangeance.

Mais allons, & suivons mes transports furieux.

ELECTRE.

Arrestez.

THOAS.

Non, c'est trop me faire violence.

ELECTRE.

Voyez mon déſeſpoir.

THOAS.

Perdez toute eſperance.

ELECTRE.

Vous voulez donc, Cruel, que j'expire à vos yeux!

THOAS.

Ingrate, vous cherchez à ſéduire mon ame,
Mais vos rigueurs ont étouffé ma flamme;
Il eſt temps de punir vos injuſtes mépris.

ELECTRE.

Que vos fureurs me prennent pour victime,
Moy ſeule j'ay commis le crime,
Et je dois ſeule en recevoir le prix.

THOAS.

Ah! que vous ſçavez bien le pouvoir de vos larmes!
Ingrate, il faut céder à de ſi fortes armes,
Je ſens tout mon couroux expirer dans mon cœur:
Vivez, regnez, mon amour vous en preſſe;
Mais ſi vous abuſez encor de ma tendreſſe,
Craignez l'excés de ma rigueur.
Vous ne répondez point? balancez-vous encore?

ELECTRE.

Vos bontez ſurpaſſent mes vœux;
Accordez pour les Grecs la grace que j'implore;
Les bienfaits peuvent tout ſur les cœurs généreux.

❧❧

SCENE DEUXIE'ME.

ELECTRE, ORESTE, PILADE, THOAS, GARDES.

THOAS.

Venez, Infortunez, voyez finir vos peines,
Cette Beauté vient de briser vos chaînes;
Rendez grace à l'Amour qui comble mes desirs.

ORESTE, & PILADE.

Qu'entens-je! ô Ciel!

THOAS.

Que mon peuple s'empresse
A vous ouvrir les chemins de la Grece,
Tout doit ressentir mes plaisirs.

ORESTE.

Que mille morts plûtôt brisent nôtre esclavage;
Le Ciel est plein de nos Ayeux;
Un Barbare oseroit soüiller le sang des Dieux!
Le trépas est pour nous un moins sensible outrage.

ELECTRE, à ORESTE, & à PILADE.

Que faites-vous?

ORESTE, & PILADE à THOAS.

La mort a pour nous plus d'attraits.

PILADE.

De nôtre juste orgüeil, c'est aßez vous instruire.

ORESTE, & PILADE.

Ménagez moins des cœurs que rien ne peut séduire,
Et qui vous puniroient même de vos bienfaits.

THOAS à ELECTRE.

Ay-je assez soûtenu cet excés d'insolence!
Connoissez mon amour par ce profond silence;
Mais bien-tôt de tous mes transports
Rien ne pourroit plus les deffendre
A fléchir leur audace, employez vos efforts;
Ma bonté jusques-là veut bien encor descendre;
Mais si malgré vos soins ils osent m'outrager,
Malheur à qui m'aura contraint à me vanger.

SCENE TROISIE'ME.

ELECTRE, ORESTE, PILADE, GARDES.

ELECTRE.

QU'avez-vous fait, Cruels?

ORESTE.

Quitte ces lieux, Perfide!
Et sui l'indigne Objet de qui l'amour te guide.

ELECTRE.

Je n'ay point mérité ces titres odieux
Pilade me connoîtra mieux.

PILADE.

Je ne me plaindrois point quand une ardeur nouvelle,
Aux vœux de mon Rival vous feroit consentir;
Mais vous m'avez promis une amour éternelle.
Eh! du moins attendez, Cruelle,
Que mon trépas ait pû vous garantir
Du crime de m'être infidelle.

ELECTRE.

Quelle injustice! ô Ciel! Quelle rigueur!
On ose m'accuser d'une coupable flâme!
Mais, Ingrats, vos soupçons ne troublent point mon ame,
J'ay pour moy les Dieux, & mon cœur.

ORESTE.

ORESTE.

Vous déguisez en vain une flâme fatale ;
Plus coupable cent fois qu'Atrée, & que Tantale,
Indigne sang des Dieux, dont vous tenez le jour,
Vous immolez leur gloire à vôtre lâche amour.

ELECTRE.

C'est pour vous seuls, Cruels, qu'interdite, tremblante,
D'un Tyran furieux j'ay flatté les desirs ;
Vous partiez, & bien-tôt ma main impatiente,
Alloit par mon trèpas finir mes déplaisirs :
Vos injustes soupçons vont vous coûter la vie,
Mais j'atteste le Dieu qu'adore l'univers,
Qu'avant qu'elle vous soit ravie,
Mon ombre aura payé le tribut aux Enfers.

PILADE.

Que dites-vous !

ELECTRE.

Cruel ! il faut vous satisfaire ;
Je cours d'un fier Tyran irriter la colere,
Rèvéler le secret de nos feux mutuels ;
Et tombant sous les coups d'une mort que j'implore,
Punir mon lâche cœur de vous aimer encore,
Malgré vos soupçons criminels.

PILADE.

Elle fuit ! ô Destin barbare !
Ah ! dans son désespoir ne l'abandonnons pas.

PILADE suit ELECTRE ; & THOAS entre, suivi du Peuple.

SCENE QUATRIE'ME.

THOAS, ORESTE, Chœur de SCYTHES, GARDES.

THOAS.

POur célébrer la fête qu'on prépare,
Venez, Peuples, suivez mes pas.

à ORESTE.

A fléchir ton orgüeil, a t'on sçû te contraindre!
La Mort t'a-t'elle enfin, inspiré de l'horreur!

ORESTE.

La Mort! si j'avois pû la craindre,
Ma honte auroit déja prévenu ta fureur.

THOAS.

Qu'on l'ôte de ces lieux.

Les GARDES emmenent ORESTE; & THOAS, continuë.

Quel trouble affreux m'agite?
En faveur de ces Grecs l'amour me sollicite:
Et l'Oracle, contre eux, me ranime à son tour;
Troubles cruels, souffrez que je respire,
Quoy faudra-t'il en ce funeste jour
Hazarder ma vie, & l'Empire,
Ou renoncer à mon amour!

Vous, de qui mes Ayeux ont reçû la naißance,
Grand Océan, favorable Thétis,
Dont les Oracles m'ont appris
Qu'un Grec me raviroit la vie, & la puissance,
D'un trouble si cruel retirez mes esprits.

Quittez le vaste sein de l'Onde,
Venez, paroissez Dieu des Mers;
Sortez pour honorer nos jeux, & nos concerts,
De vôtre demeure profonde.

CHOEUR.

Quittez le vaste sein de l'Onde,
Venez, paroissez Dieu des Mers;
Sortez pour honorer nos jeux, & nos concerts,
De vôtre demeure profonde.

SCENE CINQUIE'ME.

THOAS, Chœur de SCYTHES, TRITON, Troupe de Dieux MARINS, & de NEREIDES.

Le Dieu TRITON sort de la Mer, suivi des Dieux MARINS, & des NEREIDES, qui forment une Entrée.

TRITON.

LE Maître de l'humide Empire
Fait annoncer à tout ce qui respire,
Qu'il va sortir du sein des Eaux.

Que les Dieux aux Mortels s'unissent;
Mêlons nos voix aux concerts des oiseaux,
Que ces bords retentissent
De nos chants nouveaux.

CHOEUR.

Que les Dieux aux Mortels s'unissent,
Mêlons nos voix aux concerts des oiseaux;
Que ces bords retentissent
De nos chants nouveaux.

TRITON.

Dieu puissant, vos eaux secourables,
Comblent ces gouffres effroyables,
Restes du ténébreux cahos;
Les lieux où meurt le jour, & ceux de sa naissance,
En vain sont separez par un espace immense;
Vous les unissez par les flots.

CHOEUR.

Que les Dieux aux Mortels, &c.

TRITON.

Quand vôtre couroux se déclare,
L'effroy de l'univers s'empare,
Vous semblez inonder les Cieux;
Mais, dés que vous chassez l'orage,
Vôtre empire devient l'image
Du tranquile séjour des Dieux.

CHOEUR.

Que les Dieux aux Mortels, &c.

Les Dieux MARINS, & les NEREIDES recommencent leurs danses,
Elles sont interrompuës par le bruit d'une Tempête.

THOAS.

Quel bruit semblable au tonnerre,
Font les flots, agitez d'affreux soulevements!
Quels horribles mugissements!
Tous les Dieux aux Mortels déclarent-ils la guerre!
Confondent-ils les élements!
Vont-ils anéantir la terre,
Et de tout l'univers sapper les fondements!

CHOEUR.

Que d'affreux sifflements!
Quels horribles mugißements!

TRITON.

Que du Maître des mers tout sente la présence.
Que le Soleil s'arrête à son aspect;
Vents en couroux, faites silence,
Vous Terre, frémissez de crainte, & de respect.

SCENE SIXIE'ME.

L'OCEAN paroît au milieu des Flots.

L'OCEAN. Tous les Acteurs de la Scene précédente.

L'OCEAN.

TRemble, Thoas; que fais-tu téméraire?
Quels sont tes odieux desseins!
Tout te trahit, tout t'est contraire;
Tu cherches la mort que tu crains.
Moy-même je frémis de ton destin funeste;
Un Dieu vangeur te suit, redoute son couroux.
Tremble, Thoas; ce jour est le seul qui te reste,
Pour te dérober à ses coups.

L'OCEAN rentre dans la Mer; TRITON, les Dieux MARINS, & les NEREIDES se retirent.

THOAS.

Je vous entens, grand Dieu! ma tendresse est mon crime;
Faisons des cris des Grecs retentir ce séjour,
Qu'ils souffrent tous une mort légitime;
C'en est fait ma pitié n'aura plus de retour:
L'Objet fatal de mon amour,
Sera la premiere victime.

FIN DU TROISIE'ME ACTE.

ACTE QUATRIE'ME.

Le Théatre repréſente l'Appartement de la PRESTRESSE.

SCENE PREMIE'RE.

IPHIGE'NIE, ISME'NIDE.

IPHIGE'NIE.

C'Eſt trop vous faire violence,
Eclatez, vains Soûpirs, ſi long-temps retenus.
Ma douleur ne ſçauroit ſe forcer au ſilence,
Au plus cruel éxcés mes maux ſont parvenus ;
C'eſt trop vous faire violence,
Eclatez, vains Soûpirs, ſi long-temps retenus.

O jours ! où dans Argos la gloire & l'abondance,
Du ſort le plus brillant flatoient mon eſperance ;
Jours fortunez, qu'êtes-vous devenus !
Un Barbare me force à ſervir ſa vangeance ;
En faveur d'un Captif, mes eſprits prévenus
Livrent mon cœur malgré ſa réſiſtance,
A des tranſports qui luy ſont inconnus ;
C'eſt trop vous faire violence,
Eclatez, vains Soûpirs, ſi long-temps retenus.

Non, je n'offriray point ce sacrifice horrible ;
Que le Tyran me livre au trépas où tu cours,
Mon cœur, cher Inconnu, t'offrira du secours ;
Et ne mourrois-je pas dans le moment terrible
Qu'un fer impitoyable iroit trancher tes jours ?

ISME'NIDE.

Sa mort n'est pas encor certaine,
La pitié de Thoas aura quelque retour.

Que l'espoir flatte vôtre peine ;
Un cœur qui dans le même jour
Passe de l'amour à la haine,
Revient facilement de la haine à l'amour.

IPHIGE'NIE.

Non, non, rien du Tyran n'adoucira la rage ;
Helas! de tous les Grecs l'amour rompoit les fers,
Leur vaisseau, pour partir, encor prêt au rivage,
Trouvoit tous nos ports ouverts ;
Mais le Dieu terrible des mers
Vient de troubler Thoas par un affreux présage,
Et le Barbare affamé de carnage,
Veut que du sang des Grecs nos autels soient couverts ;
Non... Mais je voy le Chef des captifs de la Grece,
Laisse-nous seuls ; le Ciel en cet heureux moment,
M'inspire les moyens d'adoucir mon tourment.
Et de me dérober à ma propre foiblesse.

SCENE DEUXIE'ME.

SCENE DEUXIE'ME.

IPHIGE'NIE, ORESTE.

IPHIGE'NIE.

JE ne puis vous cacher mes pleurs ;
Sensible à vos cruels malheurs,
Je frémis du trépas que le Roy vous prépare :
Que dans les mêmes lieux les cœurs sont differents !
Non, le climat le plus barbare,
De tous ses Citoyens ne fait pas des Tyrans.

ORESTE.

Ne plaignez point ma mort, elle fait mon envie ;
A des Malheureux comme moy,
Le plus cruel trépas inspire moins d'effroy,
Qu'une triste, & mourante vie.

IPHIGE'NIE.

Quel sort vous fait haïr la lumiere des cieux
Ne pourray-je sçavoir pour qui je m'interesse.

ORESTE.

Je suis un Criminel à moy-même odieux,
Banni d'Argos, en horreur à la Grece,
Et poursuivi des Hommes, & des Dieux.

IPHIGE'NIE.

Que dites-vous ! Argos vous donna la naissance !
Argos où regne un Roy puißant & glorieux.

ORESTE.

Plaignez plûtôt sa mort, & l'horrible vangeance
Qu'en a pris un bras furieux.

IPHIGE'NIE.

Il est mort ! quelle main perfide
A porté sur son Roy sa fureur homicide !

ORESTE.

Celle qu'un triste hymen unissoit à son sort.

IPHIGE'NIE.

Quel crime ! Justes Dieux ! quel barbare Transport !
Et que fait à présent cette Reine coupable ?
De ce forfait affreux quels ont été les fruits !

ORESTE.

Que vous diray-je ! Oreste...

IPHIGE'NIE.

Achevez.

ORESTE.

Je ne puis.

IPHIGE'NIE.

Auroit-il approuvé ce crime épouvantable !

ORESTE.

De sa fureur plûtôt, apprenez les effets ;
Il a tranché les jours d'une Mere infidelle.
Et s'il s'est montré digne d'elle,
C'est en punissant ses forfaits.

IPHIGENIE.

Dieux! une juste horreur de mon ame s'empare;
Mais quel est le destin de ce fils malheureux?

ORESTE.

Le Ciel contre luy se déclare,
Et la mort est l'objet où tendent tous ses vœux.

IPHIGENIE à part.

Reste infortuné des Atrides
Veüillent pour toy les Dieux appaiser leur couroux.

à Oreste.

Mon cœur s'interesse pour vous,
Fuyez, sauvez vos jours de mes mains homicides,
Je veux vous arracher des portes du tombeau.

ORESTE.

Qu'entens-je!

IPHIGENIE.

Ma pitié s'est assez fait connoître.
Dés que le celeste flambeau
Sur ces sauvages bords cessera de paroître,
J'ay fait, pour vous sauver, préparer un vaisseau,
Partez.

ORESTE.

Je pourrois seul, m'arrachant au suplice,
Y livrer tant de Grecs pour moy prêts à mourir!
A leur fidelité rendons plus de justice,
Sauvez ces Malheureux, & me faites périr.

IPHIGE'NIE.

O Courage noble, & funeste !
O Grandeur ! dont les Dieux doivent être jaloux,
Puisse le Frere qui me reste
Estre aussi généreux que vous.

Mais Dieux ! pour l'affreux sacrifice,
Par l'ordre de Thoas, on a tout préparé ;
Au deffaut de la force, employons l'artifice,
Rentrez ; si je ne puis vous ravir au suplice,
Du moins il sera differé.

Elle rentre avec ORESTE.

SCENE TROISIE'ME.

THOAS, Chœur & Troupe de PRESTRESSES de DIANE. Troupe de SACRIFICATEURS. Chœur de PEUPLES.

THOAS.

ENfin tout va remplir ma haine;
Mon cœur se livre sans horreur,
Aux transports du plaisir de rendre une Inhumaine
Témoin de toute ma fureur.

Vous qui goûtez sous mon obéïssance
Les biens dont fait joüir la gloire, & l'abondance,
Reconnoissez mes soins par mon juste couroux:
Vos mortels Ennemis, ces Captifs de la Grece,
Prétendoient nous soûmettre à l'effort de leurs coups;
Ils mourront, j'ay juré, de les immoler tous,
Et leur sang, rougissant l'autel de la Déesse,
Ne sera versé que pour vous.

Chantez Diane, & sa gloire immortelle;
Que de son nom retentissent ces lieux;
Et que vos chants portent jusques aux Cieux
Et sa puissance, & vôtre zele.

CHOEUR.

Chantons Diane, & sa gloire immortelle;
Que de son nom retentissent ces lieux;
Et que nos chants portent jusques aux Cieux
Et sa puissance, & nôtre zelle.

Entrée des SACRIFICATEURS de DIANE.

LE GRAND SACRIFICATEUR.

Fille du Dieu dont le tonnerre
Fait trembler l'Olimpe, & la Terre,
Ecoûtez un Peuple soûmis:
Nous vous offrons le sang que nous allons répandre;
Périsse qui veut entreprendre
D'etre au rang de nos Ennemis!

CHOEUR.

Périsse qui veut entreprendre
Dêtre au rang de nos Ennemis!

LE GRAND SACRIFICATEUR.

C'est vous qui daignez nous deffendre,
De vos soins bienfaisants nous devons tout attendre;
Le sort de la Scythie en vos mains est remis;
Jusqu'où nôtre pouvoir ne doit-il pas s'étendre!
Quel espoir de grandeur ne nous est pas permis!
Périsse qui veut entreprendre
D'être au rang de nos Ennemis!

CHOEUR.

Périsse qui veut entreprendre
D'être au rang de nos Ennemis !

Les SACRIFICATEURS recommencent leurs Danses, aprés lesquelles les PRESTRESSES de DIANE. forment une Entrée.

Deux PRESTRESSES chantent ce qui suit alternativement avec le Chœur.

Vous rassemblez en vous, belle Déesse
Tout ce qui fait briller les autres Dieux ;

Vous l'emportez sur Flore, & la Jeunesse,
Et sur l'éclat de la Reine des Cieux ;

Vous rassemblez en vous, belle Déesse,
Tout ce qui fait briller les autres Dieux.

L'Amour vous suit ; mais l'austere Sagesse
Ne luy permet de regner qu'en vos yeux.

Vous rassemblez en vous, belle Déesse,
Tout ce qui fait briller les autres Dieux.

Deuxiéme Entrée des PRESTRESSES.

THOAS.

Le Ciel doit applaudir nos desseins légitimes ;
Que la Prêtresse ameine les Victimes.

SCENE QUATRIE'ME.

THOAS, IPHIGE'NIE, Tous les Acteurs de la Scene précédente.

IPHIGE'NIE.

Roy des Scythes, écoûte-moy,
Vous Peuples, apprenez ce que Diane ordonne ;
Elle a parlé ; j'en ay fremy d'effroy,
Et d'horreur encor j'en frissonne ;
Avant que sur nos Autels,
Vous immoliez cès Captifs criminels,
Il faut qu'un Sacrifice efface leurs offenses :
Remettez leur sort en mes mains,
Et me laissant le soin d'exercer vos vangeances,
Recevez, en tremblant ses ordres souverains.

THOAS.

Hâtez-vous de servir ma rage,
Et qu'avant que la nuit obscurcisse ces lieux,
Leur sang inondant ce rivage,
Vange mon Empire, & nos Dieux.

FIN DU QUATRIE'ME ACTE.

ACTE V.

ACTE CINQUIE'ME.

Le Théatre représente le Parvis du Temple de DIANE, dont la Porte paroît fermée. On voit la Mer dans le lointain, & quelques Rochers vers les côtez du Temple.

SCENE PREMIERE.

IPHIGE'NIE, ORESTE, ISME'NIDE.

IPHIGE'NIE.

C'Est au pied du Rocher qui deffend cette rive,
Que le vaisseau qui vous mit sur ces bords,
Va tromper de Thoas les barbares transports,
Et délivrer vôtre troupe captive.
Prête à vous voir percer le sein,
Mon cœur a formé le dessein
De vous faire revoir vôtre heureuse patrie;
Le Ciel m'attache à vous par de secrets liens,
Et quand je vous rends à la vie,
Je sauve vos jours, & les miens.

ORESTE.

Vous me tirez d'un indigne esclavage,
De la Parque sur moy, vous suspendez les coups:
Et je sens moins cet avantage,
Que la douleur de m'éloigner de vous.

IPHIGE'NIE.

Terminons d'inutiles plaintes,
Et donnons tous nos soins à de plus justes craintes;
Je puis vous faire un sort heureux:
Mais il faut qu'un serment terrible
M'assûre en ce moment du succés de mes vœux.

ORESTE.

Mon cœur, pour vous servir, ne voit rien d'impossible.

J'en atteste icy tous les Dieux;
Ceux des Enfers, des Mers, de la Terre, & des Cieux.
Si je trahis vôtre esperance,
Puisse la foudre en prendre la vangeance,
Que la Terre s'embraze & s'ouvre sous mes pas;
Dans ses gouffres profonds que l'Onde m'engloutisse,
Et que le Dieu des Morts vous vange & me punisse,
Au delà même du trépas.

IPHIGE'NIE.

Il suffit, ma crainte est bannie,
Argos vous est connu; dans ces murs malheureux
Que pense-t'on d'Iphigénie?

ORESTE.

Chacun sçait qu'en Aulide elle a perdu la vie,
Et nous pleurons encor son destin rigoureux.

IPHIGENIE.

Du sang d'Agamemnon vous sçavez ce qui reste,
Méritez tous les soins que j'ay pris de vos jours,
Partez, dites au jeune Oreste,
Qu'Iphigénie icy, demande son secours.

ORESTE.

Iphigénie! ô Ciel! croiray-je ce miracle!
Les Morts reviennent-ils à la clarté des Cieux!

IPHIGENIE.

Aux cruautez des Grecs Diane a mis obstacle,
Dans les champs de l'Aulide elle a trompé leurs yeux;
Par elle, Iphigénie est vivante en ces lieux.

ORESTE.

Dans ces lieux! Ciel! mon cœur ne vous en croit qu'à peine.

IPHIGENIE.

O toy! qu'un songe affreux a peint à mes esprits,
Cher Oreste, écoute mes cris;
Vien, part, vole en ces lieux, fend la liquide plaine,
Brave les vents, les rochers, & les eaux,
Arme, pour m'enlever, encor plus de vaisseaux,
Que n'en a fait armer la malheureuse Helene.
Et vous, qui connoissez & mon sort, & mon nom,
Partez, servez le sang d'Agamemnon,
Vous vous troublez!

ORESTE.

O Dieux!

IPHIGE'NIE.

Je voy couler vos larmes.

ORESTE.

Vous appellez Oreste ; & que peut-il pour vous ?

IPHIGE'NIE.

Ah ! que vous me causez d'allarmes ;
A-t'il des Dieux vangeurs éprouvé le couroux !

ORESTE.

Helas ! quelle est vôtre esperance ?
A ce Frere si cher, cessez d'avoir recours ;
Luy-même loin d'Argos, sans appuy, sans deffense,
Attend tout de vôtre secours.

IPHIGE'NIE.

Qu'entens-je ! quel transport de mon ame s'empare !
Mon cœur s'émeut pour vous, il se trouble, il s'égare :
Le Ciel va t'il finir mes mortelles douleurs !
Expliquez-vous !

ORESTE.

Faut-il en dire davantage !
Vous voyez ma joye, & mes pleurs,
Reconnoissez Oreste à ce langage,
Et plus encor à ses malheurs.

IPHIGE'NIE.

Ciel ! Oreste ! Ah ! mon cœur m'en donne l'assûrance.
C'est vous ; j'en croy mes mouvements secrets.
Vous qu'à peine j'ay vû dans vôtre tendre enfance,
Mais dont, avec transport, je rappelle les traits.

IPHIGE'NIE, & ORESTE.

Dieux immortels, achevez vôtre ouvrage,
Vos bontez ont déja surpassé nos souhaits!

IPHIG'ENIE.

Quel Dieu vous a conduit dans ce climat sauvage?

ORESTE.

Apollon a voulu, pour laver mes forfaits,
Que de Diane icy j'enlevasse l'image,

IPHIGE'NIE.

Ses ordres, & vos vœux vont être satisfaits.

IPHIGE'NIE, & ORESTE.

Brisons nos chaînes,
Hâtons-nous, traversons les flots;
Cherchons aprés tant de peines,
Un doux repos.

IPHIGE'NIE.

Je crains que le Tyran ne vienne nous surprendre;
Allez, je vais icy l'attendre.

à ISME'NIDE.

Toy, fais donner aux Grecs ces dards, ces javelots,
Que ce Temple sacré garde pour se deffendre;

à ORESTE.

J'espere quand la nuit sera prête à descendre,
Partir avec vous pour Argos.

SCENE DEUXIEME.

IPHIGENIE seule.

Seuls confidents de mes peines secretes!
Lieux! tant de fois arrosez de mes pleurs,
Je ne troubleray plus vos tranquiles retraites,
Par le recit de mes malheurs.
Depuis long-temps captive, gémissante,
De la rigueur des Dieux, je me suis plainte à vous.
Mais leurs faveurs ont passé mon attente:
Plus ma douleur fut violente,
Plus mon bonheur me semble doux.
Seuls confidents de mes peines secretes!
Lieux! tant de fois arrosez de mes pleurs,
Je ne troubleray plus vos tranquiles retraites,
Par le recit de mes malheurs.

On entend un bruit de Combattants.

Mais quel bruit effrayant icy se fait entendre!
Quels cris! Dieux, armez-vous, & venez nous deffendre.

CHOEUR que l'on entend, & que l'on ne voit point.

Périssez-tous, périssez-tous,
Cédez à l'effort de nos coups.

IPHIGENIE.

O Ciel!

SCENE TROISIE'ME.

IPHIGE'NIE, ELECTRE.

ELECTRE.

De vos Autels embrassez la deffense;
Vous êtes nôtre unique espoir;
Trahis par l'un des Grecs, le Roy vient de sçavoir
Qu'il tient Oreste en sa puissance;
Il ne veut plus differer sa vangeance.

CHOEUR que l'on ne voit point.

Périssez tous, périssez tous,
Cédèz à l'effort de nos coups.

ELECTRE.

Ses Soldats irritez servent sa barbarie,
En vain les Grecs repoussent leur furie,
Le nombre va les accabler.

La mort offre par tout son image funeste,
Le fer brille, le sang est tout prêt à couler;
D'une famille auguste, épargnez ce qui reste.

CHOEUR que l'on ne voit point

Périssez-tous périssez-tous,
Cédez à l'effort de nos coups.

IPHIGE'NIE.

Je deffendray vos jours aux dépens de ma vie,
Reconnoissez Iphigénie;
Ne craignez rien d'un Tiran furieux ...
Mais, quel spectacle, ô Ciel! se présente à mes yeux!

SCENE DERNIERE.

Le Temple s'ouvre. On voit dans le fond la Statuë de DIANE. Les Scythes paroissent armez. Le Tonnerre gronde, & DIANE sort de son Temple.

DIANE, IPHIGE'NIE, ELECTRE, ORESTE, PILADE, ISME'NIDE, Chœur & Troupe de GRECS.

DIANE.

Jupiter en mes mains a remis le Tonnerre,
Les vœux des Grecs sont éxaucez;
Cessez, Peuples cruels, de leur faire la guerre,
Diane ordonne, obéïssez.

Les Scythes se retirent, & DIANE continuë.

A vos desirs tout est propice,
Grecs, accourez, rassemblez-vous:
Thoas est mort. Le Ciel a puni l'injustice,
Et vos travaux ont flechy son couroux.

Rendez des graces immortelles
Aux Dieux, autheurs de vôtre heureuse paix,
Et qu'Electre & Pilade au gré de leurs souhaits,
Par les nœuds de l'Hymen, par des ardeurs fidelles,
Soient unis ensemble à jamais.

IPHIGE'NIE,

IPHIGE'NIE, ELECTRE, ORESTE, & PILADE.

C'est par vous, puissante Déesse,
Que nous avons du Sort désarmé les rigueurs.

ORESTE, & PILADE.

Vous nous avez rendus vainqueurs.

ELECTRE, & PILADE.

Vous couronnez nôtre tendresse.

IPHIGE'NIE & ORESTE.

Regnez pour toûjours sur nos cœurs.

IPHIGE'NIE, ELECTRE, ORESTE, & PILADE.

C'est par vous, puissante Déesse,
Que nous avons du Sort désarmé les rigueurs.

ORESTE à IPHIGE'NIE.

Qu'Electre à jamais vous soit chere.
Dernier fruit de l'Hymen d'un trop malheureux Pere,
Depuis vôtre départ elle reçût le jour;
Elle seule sensible, & cet amy fidele,
M'ont voulu suivre en ce triste séjour.

IPHIGE'NIE.

Que le Ciel, pour payer leur zele,
Aux siecles reculez, les donne pour modele
D'une amitié sincere & d'un parfait amour.

ENTRE'E DE GRECS.

CHOEUR.

Que les plaisirs suivent vos peines,
Descend Amour, vole icy bas,
D'un doux Hymen serre les chaînes;
Puissent-elles durer au delà du trépas.

Les Grecs recommencent leurs Danses.

DIANE à IPHIGE'NIE.

Tes vœux ont expié les forfaits des Atrides.
Oreste est délivré des noires Euménides;
Partez, pour vous Neptune applanira les flots:
C'est souffrir trop long-temps qu'un sacrilege hommage,
De Diane indignée, ensanglante l'image,
Faites-là revérer chez les Peuples d'Argos.

Que le feu vangeur du Tonnerre
Détruise ce Temple odieux:
Apprenons à toute la terre,
Que le sang des Mortels ne sçauroit plaire aux Dieux.

Les Grecs vont s'embarquer; DIANE se retire; Les Vents enlevent sa Statuë & la portent sur le Vaisseau des Grecs. La foudre tombe sur le Temple, qui s'embraze & se renverse.

FIN DU CINQUIE'ME ET DERNIER ACTE.

PRIVILEGE GENERAL.

LOUIS PAR LA GRACE DE DIEU, ROY DE FRANCE ET DE NAVARRE à nos amez & feaux Conseillers, les Gens tenant nos Cours de Parlement, Maîtres des Requêtes ordinaires de nôtre Hôtel, Grand Conseil, Prévôt de Paris, Baillifs, Senêchaux leurs Lieutenants Civils, & à tous autres nos Justiciers qu'il appartiendra; SALUT: Nôtre bien amé le Sieur JEAN NICOLAS DE FRANCINI, l'un de nos Conseillers, Maître d'Hôtel ordinaire, interessé conjointement avec le Sieur HYACINTHE DE GAUREAULT Sieur DE DUMONT, l'un de nos Ecuyers ordinaires, & de nôtre tres-cher & bien amé Fils le Dauphin, au Privilege que nous leur avons accordé, pour l'Academie Royale de Musique, par nos Lettres Patentes du 30. Decembre 1698. Nous ayant fait remontrer qu'il desiroit donner au Public un RÉCUEIL GENERAL DES OPERA, REPRESENTEZ PAR L'ACADEMIE ROYALE DE MUSIQUE, DEPUIS SON ETABLISSEMENT, ET QUI SERONT REPRESENTEZ CY-APRE'S, s'il nous plaisoit luy accorder nos Lettres de Privilege sur ce necessaires, attendu les grandes dépenses qu'il convient faire, tant pour l'Impression que pour la Gravure en Taille-douce des Planches dont ce Livre sera orné. Nous avons permis & permettons par ces presentes audit S^r DE FRANCINI, de faire imprimer ledit RECUEIL par tel Imprimeur, & en telle forme, marge, caractere que bon luy semblera, en un ou plusieurs Volumes, conjointement ou separément, & de le faire vendre & distribuer dans tout nôtre Royaume, pendant le temps de six années consecutives, à compter du jour de la datte des présentes. FAISONS DE'FENSES à tous Imprimeurs, Libraires, & à tous autres de quelque qualité & condition qu'ils puissent être, de contrefaire ledit RECUEIL en tout, ni en partie; ni même les Planches & Figures qui l'accompagnent, & d'en faire venir ni vendre d'impression étrangere, sans le consentement par écrit de l'Exposant, ou de ceux à qui il aura transporté son Droit, à peine de trois mille livres d'amende contre chacun des contrevenants; dont un tiers à l'Hôtel-Dieu de Paris, un tiers à l'Exposant, & l'autre au Dénonciateur, de confiscation des Exemplaires contrefaits, que nous voulons être saisies par tout où ils se trouveront, & de tous dépens, dommages & interests: à la charge que ces présentes seront registrées és Registres de la Communauté des Imprimeurs & Libraires de Paris, que l'impression desdits Opera, sera faite dans nôtre Royaume, & non ailleurs, & ce en bon Papier & en beau Caractere conformement aux Reglements de la Librairie, & qu'avant que de l'exposer en vente, il en sera mis deux Exemplaires dans nôtre Bibliotheque publique, un dans le Cabinet des Livres de nôtre Château du Louvre, & un dans celle de nôtre tres-cher & feal Chevalier Chancellier de France le Sieur Phelypeaux, Comte de Pontchartrain Commandeur de nos Ordres; le tout à peine de nullité des présentes: du contenu desquelles, nous vous mandons & enjoignons de faire joüir l'Exposant, ou ses ayants cause pleinement & paisiblement, sans souffrir qu'il leur soit fait aucun trouble ou empéchement. VOULONS que la copie de ces présentes, qui sera imprimée, dans ledit Livre, soit tenuë pour bien & dûëment signifiée, & qu'aux copies collationnées, par l'un de nos amez & feaux Conseillers-Secretaires, foy soit ajoûtée comme à l'Original. COMMANDONS au premier nôtre Huissier ou Sergent sur ce requis, de faire pour l'execution des présentes, tous Actes requis & necessaires, sans demander autre permission, nonobstant Clameur de Haro, Charte Normande, & Lettres à ce contraires: CAR tel est nôtre plaisir. DONNÉ à Versailles le dixiéme jour de Juin, l'An de grace 1703. Et de nôtre Regne, le soixante-uniéme. Par le ROY, en son Conseil. Signé, LE COMTE, avec Paraphe, & scellé.

Ledit Sieur DE FRANCINI a fourny le present Privilege à *Christophe Ballard*, seul Imprimeur du Roy pour la Musique, pour en joüir en son lieu & place, suivant leurs conventions.

Registré sur le Livre de la Communauté des Imprimeurs & Libraires, conformément aux Reglements. A Paris le 12. Juin 1703. Signé TRABOUILLET, Syndic.

www.ingramcontent.com/pod-product-compliance
Lightning Source LLC
LaVergne TN
LVHW010043230826
846091LV00005B/1847

* 9 7 8 2 3 2 9 6 7 6 4 9 4 *